# 貓兒房事務所

## 事務所

### 7 怪盜集團的預告信

作者／兩色風景　繪圖／鄭兆辰

石ㄕˊ鼓ㄍㄨˇ

　　石ㄕˊ鼓ㄍㄨˇ的ㄉㄜˊ身ㄕㄣ體ㄊㄧˇ強ㄑㄧㄤˊ壯ㄓㄨㄤˋ，但ㄉㄢˋ長ㄓㄤˇ相ㄒㄧㄤˋ凶ㄒㄩㄥ狠ㄏㄣˇ，而ㄦˊ且ㄑㄧㄝˇ脾ㄆㄧˊ氣ㄑㄧˋ火ㄏㄨㄛˇ爆ㄅㄠˋ，容ㄖㄨㄥˊ易ㄧˋ衝ㄔㄨㄥ動ㄉㄨㄥˋ。

　　他ㄊㄚ有ㄧㄡˇ一ㄧˋ個ㄍㄜˋ可ㄎㄜˇ愛ㄞˋ的ㄉㄜˊ妹ㄇㄟˋ妹ㄇㄟˋ，叫ㄐㄧㄠˋ做ㄗㄨㄛˋ釉ㄧㄡˋ子ㄗˇ。出ㄔㄨ於ㄩˊ保ㄅㄠˇ護ㄏㄨˋ妹ㄇㄟˋ妹ㄇㄟˊ的ㄉㄜˊ責ㄗㄜˊ任ㄖㄣˋ感ㄍㄢˇ，石ㄕˊ鼓ㄍㄨˇ練ㄌㄧㄢˋ就ㄐㄧㄡˋ了ㄌㄜˊ一ㄧˋ身ㄕㄣ高ㄍㄠ強ㄑㄧㄤˊ的ㄉㄜˊ武ㄨˇ藝ㄧˋ，尤ㄧㄡˊ其ㄑㄧˊ特ㄊㄜˋ別ㄅㄧㄝˊ喜ㄒㄧˇ歡ㄏㄨㄢ以ㄧˇ棍ㄍㄨㄣˋ棒ㄅㄤˋ作ㄗㄨㄛˋ為ㄨㄟˊ兵ㄅㄧㄥ器ㄑㄧˋ。此ㄘˇ外ㄨㄞˋ，他ㄊㄚ還ㄏㄞˊ有ㄧㄡˇ一ㄧˋ些ㄒㄧㄝ不ㄅㄨˋ為ㄨㄟˊ人ㄖㄣˊ知ㄓ的ㄉㄜˊ小ㄒㄧㄠˇ祕ㄇㄧˋ密ㄇㄧˋ，比ㄅㄧˇ如ㄖㄨˊ他ㄊㄚ最ㄗㄨㄟˋ不ㄅㄨˋ願ㄩㄢˋ意ㄧˋ承ㄔㄥˊ認ㄖㄣˋ的ㄉㄜˊ弱ㄖㄨㄛˋ點ㄉㄧㄢˇ竟ㄐㄧㄥˋ然ㄖㄢˊ是ㄕˋ怕ㄆㄚˋ老ㄌㄠˇ鼠ㄕㄨˇ。

## 釉子

　　釉子的世界很單純，小時候的記憶裡幾乎只有哥哥——石鼓。她希望自己有一天能成為成熟穩重、能力超強的「御姐」。另外，她還有一個非常厲害的天賦——超大力！

## 尺玉

　　尺玉很有正義感，決定做一件事之前不會張揚，腦子卻轉得飛快，常常「不鳴則已，一鳴驚人」。他思考問題時總要吃點東西，思路才會順暢。平時會用一把紅傘作為武器。

琉璃ㄌㄧˊ

　　琉ㄌㄧㄡˊ璃ㄌㄧˊ是ㄕˋ一ㄧˋ隻ㄓ身ㄕㄣ材ㄘㄞˊ苗ㄇㄧㄠˊ條ㄊㄧㄠˊ、貌ㄇㄠˋ美ㄇㄟˇ如ㄖㄨˊ花ㄏㄨㄚ、冷ㄌㄥˇ若ㄖㄨㄛˋ冰ㄅㄧㄥ霜ㄕㄨㄤ、能ㄋㄥˊ力ㄌㄧˋ極ㄐㄧˊ強ㄑㄧㄤˊ，遇ㄩˋ到ㄉㄠˋ再ㄗㄞˋ大ㄉㄚˋ的ㄉㄜ˙困ㄎㄨㄣˋ難ㄋㄢˊ也ㄧㄝˇ不ㄅㄨˋ會ㄏㄨㄟˋ退ㄊㄨㄟˋ縮ㄙㄨㄛ的ㄉㄜ˙橘ㄐㄩˊ貓ㄇㄠ。外ㄨㄞˋ冷ㄌㄥˇ內ㄋㄟˋ熱ㄖㄜˋ的ㄉㄜ˙她ㄊㄚ無ㄨˊ法ㄈㄚˇ抵ㄉㄧˇ擋ㄉㄤˇ小ㄒㄧㄠˇ動ㄉㄨㄥˋ物ㄨˋ散ㄙㄢˋ發ㄈㄚ出ㄔㄨ來ㄌㄞˊ的ㄉㄜ˙萌ㄇㄥˊ系ㄒㄧˋ光ㄍㄨㄤ波ㄅㄛ，只ㄓˇ要ㄧㄠˋ看ㄎㄢˋ到ㄉㄠˋ受ㄕㄡˋ傷ㄕㄤ的ㄉㄜ˙小ㄒㄧㄠˇ動ㄉㄨㄥˋ物ㄨˋ，她ㄊㄚ一ㄧˋ定ㄉㄧㄥˋ會ㄏㄨㄟˋ救ㄐㄧㄡˋ助ㄓㄨˋ。不ㄅㄨˋ過ㄍㄨㄛˋ她ㄊㄚ也ㄧㄝˇ有ㄧㄡˇ迷ㄇㄧˊ糊ㄏㄨˊ的ㄉㄜ˙一ㄧˊ面ㄇㄧㄢˋ，比ㄅㄧˇ如ㄖㄨˊ是ㄕˋ個ㄍㄜˋ路ㄌㄨˋ痴ㄔ……

### 西山

西山是一名學者，致力於科技與發明，對故宮的一切都如數家珍。他很喜歡和晚輩貓貓們交流，經常耐心的講歷史故事給他們聽，也喜歡從他們那裡了解現在流行的事物。

## 日暮

　　日暮是一隻體型中等偏胖的狸花貓，身體非常健康。年輕時的日暮對古蹟、文物等很感興趣，但不受拘束的性格與愛好自由的天性，讓他在很長一段時間內不斷嘗試新事物，卻找不到貓生努力的方向。直到遇見當時也還年輕的西山，加入考察團後，日暮從此一展所長，現為貓兒房事務所最強的外援。

## 目錄

## 第一章

# 一個好消息

　　中午，尺玉、琉璃、釉子和石鼓又聚在餐廳用餐。

　　在不久前的「御膳之夜」後，廚師貓都對自己有了更高的要求，因此現在餐廳除了供應日常的餐點，還會抽空開發新的御膳，並定期舉辦試吃活動，不僅能讓貓客們高興，廚師們也能得到滿滿的成就感。

「　這都是拜琉璃小姐所賜！」廚師貓阿炊一邊說，一邊在琉璃面前放下一碗蔬菜湯。

「　這是我們新研發的『開水白菜』，別看它樣貌樸素，其實很費工夫，得先用豬骨、雞骨和蝦熬成鮮湯，撈起油脂後，再一遍又一遍澆在最細嫩的白菜菜心上，耐心等待它軟化，才能完成這道湯。」

琉璃喝了一口湯，沒想到看似平淡無奇的色澤下，隱藏著馥郁的鮮甜滋味，讓她對阿炊讚賞的點點頭。

「阿炊，你也偏心得太明顯了吧！怎麼能只給琉璃喝呢？」尺玉抗議道。

「哈哈！放心，你們當然都有。」阿炊像變魔術一樣，又給每隻貓端上一碗湯。「可惜西山老師沒來，他又在忙嗎？」

雖然貓兒房事務所的成員都會一起用餐，但西山卻常常缺席，理由一直以來都只有一個：沉迷於工作。

「西山爺爺正忙著把一批新來到故宮的文物電子化，他有了文物，心裡就沒食物了。」釉子邊喝湯，邊解釋道。

「原來如此，那我去準備他愛吃的魚湯拌飯，一會兒再請你們帶回去給他。」阿炊貼心的說。

「我先替老爺子謝謝你

啦！」吃東西速度很快的石鼓已經在剔牙了。

宮貓們吃飽喝足後，帶著西山的魚湯拌飯返回貓兒房事務所，正好在半路上遇見了織造奶奶。

「大家好。」織造奶奶眉開眼笑的打招呼，她的氣色看起來好極了。

「織造奶奶！」釉子熱情的喊道，隨即發現有什麼不對勁。「絲絲姐姐呢？怎麼沒和您在一起？」

「絲絲還是不太習慣住在故宮裡，需要一段時間適應，所以目前回到山裡了。不過，這也正

好可以讓她閉關練習。」織造奶奶解釋道，接著滿足的說：「多虧你們的幫忙，我才能擁有這麼好的徒弟。」

大家都很欣慰，負責找到絲絲並說服她來故宮的尺玉和琉璃更是感到非常榮幸。

「對了，上次西山說想要一件帶有茶香的衣服，我已經幫他繡好了，再麻煩你們交給他。」織造奶奶拿出一個包裹，交給尺玉。「其實，我也有準備給大家的禮物，但是還沒繡完，要請各位再等一等。」她滿懷歉意的補充。

「您太客氣了，不需要為我們準備的！」

　　織造奶奶微笑著搖搖頭。

「請你們之後一定要收下。」她隨即感慨的說：「多年前我閉門造車，西山就屢屢勸我收徒弟，告訴我將來是年輕貓的天下，還說他最大的願望就是用自己的本事，多多幫助與培養下一代。現在，我終於能理解他的用心良苦了。」

　　他們又聊了幾句句，才互相道別。

　　接下來，尺玉四貓又遇見了園丁貓果子、警衛貓展堂和醫生貓小雪，他們見西山不在，都表達了關心，也不約而同的誇讚西山的善良與正直。

「我要告訴西山爺爺，大家

都好喜歡他。」釉子開心不已，彷彿是自己被表揚了。

「但是聽多了大家的關心，反而有種錯覺，好像老爺子沒來吃飯是因為病倒了。」石鼓開玩笑的說道。

「老哥，別亂講話！」釉子扯了扯石鼓的尾巴，石鼓頓時瘋狂轉圈，差點就要隨著慣性飛出去了。

「西山老師是貓兒房事務所的老成員吧？你們來之前，他是不是就已經待很久了？」尺玉說：「我居然到今天才注意到這件事，之前都一心奉獻在執行心願任務上，我真是認真又努力啊！」

第一章
一個好消息

019

琉璃默默看了尺玉一眼，不想理他。

釉子解釋道：「西山爺爺以前是文淵閣的圖書管理員，當時他的知識就已經很淵博了，還常常用他高超的電腦技術幫助大家。後來，我和我哥成了貓兒房事務所的成員，但實在太缺乏經驗了，西山爺爺就主動加入，幫我們整頓事務所。」

「那你們知道他來故宮前是做什麼的嗎？」尺玉追問。

琉璃面無表情的評論：「真八卦。」

「你們難道不好奇？」尺玉笑嘻嘻的說：「西山老師的能力那麼強，卻這麼低調，我早就懷

疑他的身分不簡單，而且他怎麼還是單身呢？」

聽見這個極具想像空間的問題後，大家忍不住想像力大爆發，一時之間「受過情傷」、「歸隱江湖」、「逃避追捕」，甚至「金盆洗手」等奇怪的猜測都被提了出來。

回到貓兒房事務所時，年輕宮貓們正好聽見西山的歡呼聲，這才打消想將他團團圍住、嚴刑拷問的念頭。

西山一向是貓兒房事務所的定心丸，就算天塌下來，只要他還能捧著茶杯，平靜的發出「喵呵呵！」的笑聲，就沒有什麼好

擔心的。

因此，能讓這麼穩重的老貓表現出激動的情緒，一定是發生大事了。

當尺玉四貓走進辦公室的時候，只見西山正在跳「撲蝶舞」——他一次又一次歡快的跳起，雙手很有節奏的抓著空氣，好似頭頂上方有一隻粉蝶在盤旋。

平原國的貓咪們在遇到特別高興的事情時，都會這樣手舞足蹈，這似乎是刻在基因裡的本能。但是能看到向來冷靜的西山跳舞，實在太難得了，讓貓兒房事務所的其他成員情不自禁的靜靜圍觀。

片刻後，西山終於意識到有

觀眾存在，動作瞬間僵住，緩緩放下手，再停下舞步，裝作若無其事的坐回電腦前。

看見西山因為害羞而垂下的耳朵，尺玉他們忍不住爆笑出聲，只有琉璃比較仁慈，在對上西山略顯尷尬的目光時，只是輕聲說了一句：「曼妙。」

西山流下一滴巨大的冷汗，乾咳兩聲，解釋道：「我一不小心就太忘我了，不過，如果你們知道發生了什麼事，也會和我一樣高興的。」

「發生了什麼事？」大家使勁憋住笑意問道。

「就在剛才，我收到一個心願委託，海外僑貓斑先生想要捐

贈一批文物給故宮。」

「原來如此。」

西山一說完，年輕的宮貓們就懂了，也難怪他會如此興高采烈。

## 第二章

# 豪奪社

　　故宮是平原國收藏最多文物的地方，而它的建築物本身也是一座無與倫比的古蹟。深愛文物是每一隻宮貓的本能，西山更是其中最忠實的愛好者。

　　平日，西山除了處理和分類來自各地的心願委託，其餘時間都會一頭栽進與文物相關的工作中。他會協助其他部門進行文物

的修復、研究及宣傳。此外，還有一項被西山視為畢生志向的事：將所有文物從現實搬進虛擬世界，幫助更多愛好文物的貓實現在網路上逛故宮的夢想。

畢竟世界之大，歷史文物應該分享給全球的貓欣賞。

可惜因為種種原因，平原國有一大批文物流落在海外，每當在文獻上或遺址中目睹這樣的殘缺時，沒有文物愛好者會不感到心痛。所幸，有許多海外僑貓為了讓文物回鄉而不斷努力。然而，被收藏在國外博物館裡的平原國文物，還是很難有機會被送回來。

「你們知道斑先生要捐贈的是什麼嗎？是貓俑！」西山興奮的說著，忍不住又想跳「撲蝶舞」了。「那可是二十幾個世紀前燒製的彩繪陶俑，現在還有保存如此完好的貓俑，真的非常罕見！它們雌雄各一尊，高度約十公分，服飾精美，表情生動，可以藉此研究兩千多年前平原國眾貓的穿著與生活方式，意義非凡。而作為藝術品，它們也有很高的藝術價

值。」

　　西山一口氣解釋完畢，卻還意猶未盡，立刻接著說：「對了，斑先生還會捐贈幾件銅器，是他在一家古董店偶然看見的。斑先生發現那些銅器與平原國內一處重要的遺址有關，當下就與另外幾位僑貓花重金買下，準備讓它們落葉歸根，回到故宮。」

　　年輕宮貓們看著因為文物回鄉而覺得幸福的西山，也不禁露出微笑，真心為西山感到高興。

　　「斑先生是僑貓的代表，他的心願是能由貓兒房事務所全權負責文物的捐贈過程，並且舉辦一場隆重的發表會，讓新聞發揮影響力，激發更多貓對歷史的熱

愛，進而幫助更多遺落在海外的文物回到故土。」

「這件事太有意義了。」尺玉感嘆道。「那貓俑們什麼時候會被送回來？」

「我們已經商量得差不多了。」西山開心的合不攏嘴。「過兩天，斑先生就會乘坐國際航班回國，他不放心文物，因此會親自護送。我已經和航空局的工作人員打過招呼了，他們會全力配合我們。」

說到這裡，西山突然一掌拍在額頭上，後知後覺的說道：「我怎麼到現在都還沒讓你們欣賞那批貓俑有多美呢？來，你們過來看看。」

大家一起湊到電腦前，西山像是彈鋼琴一樣，歡快的敲打著鍵盤，調出一張照片。

石鼓驚呼：「哇！這尊貓俑做得真是栩栩如生，簡直像真的貓一樣！」

釉子瞪大眼睛，狐疑的指出：「等等，這是真的貓，不是貓俑吧？」

只見照片中有一位年輕的貓，他頭戴安全帽，光著上半身，穿著似乎隨時都會掉下來的不合身褲子。他站在一個泥土坑洞前，雙手同時豎起大拇指，擺出一個得意洋洋的表情。

西山迅速將滑鼠游標移到圖片右上角，想要關掉它，結果按

下「關閉」的按鈕後，又彈出一張新照片。

畫面中依然是剛才那位年輕貓，這次他蹲在一個沙坑裡，只露出一顆頭，看起來正在這個天然的貓砂盆裡上廁所。照片似乎是偷拍的，可以看到年輕貓氣急敗壞的用手遮擋自己。

西山著急的關閉照片，沒想到又出現一張新照片。

連續看了好多張照片後，琉璃的視線開始轉移到西山身上。

不只琉璃，尺玉和石鼓兄妹也發現了，他們反覆比對照片上的年輕貓與西山，異口同聲的問：「西山老師，那是年輕時的你嗎？」

　　西山冒出滿頭冷汗，他忽然深吸一口氣，恢復冷靜後說道：「我的電腦顯然中毒了。」

　　接著他敲打鍵盤，螢幕上立刻出現一隻工人裝扮的貓，他推著一車磚頭，開始快速的砌牆。這是西山自己研發的防毒軟體「貓咪防火牆」，年輕宮貓們都聽過這件事，於是此刻只是嘆為觀止的看著。

　　然而牆還沒砌完，螢幕上突然出現一隻戴著墨鏡的黑貓。他先是燒了三炷香，然後舉起超大的鐵鎚，開始猛烈的砸牆。

　　「這是什麼？」石鼓驚訝的指著螢幕上來勢洶洶的黑貓。

　　「是電腦病毒。」西山說：

「不知何時入侵我的電腦，這絕對是高手所為。」

電腦病毒與貓咪防火牆展開激烈的戰鬥，防火牆一會兒被砌起來，一會兒被砸碎，不停重複同樣的情形。

「那麼，剛才照片上的那隻貓其實不是你，而是駭客的惡作劇嗎？」尺玉問道。

西山卻裝作一副沒聽到的樣子。

「老爺子不喜歡說謊，如果不是，他會直接否認，看來那隻貓就是他！」石鼓興奮的說：「喵了個咪！我還是第一次看到那麼年輕的老爺子！」

「那是在什麼情況下拍的？

剛剛那些照片的背景好像都是在野外。 西山老師， 你以前生活的那麼自由自在、 無拘無束嗎？ 」尺玉唯恐天下不亂的追問。

琉璃沒有雪上加霜， 而是伸出手， 指向電腦螢幕， 所有貓都看見螢幕上不知何時浮現出三個字：

## 豪奪社

「 豪奪社？ 」 尺玉念了一遍。 「 這是什麼？ 」

西山的手因為憤怒而握成拳頭。 「 他們是個惡名昭彰的組織， 專門竊取文物並非法買賣。 」

「貓俑即將回故宮的事，該不會被他們知道了吧？」釉子擔憂的問。

「所以這波駭客攻擊是他們做的嗎？目的是挑釁我們，並留下犯罪預告？」尺玉若有所思的說：「不過，故意使用西山老師不堪回首的照片也太奇怪了！」

迎接文物來故宮的歡快氣氛至此已完全消失，貓兒房事務所陷入前所未有的嚴肅氛圍中。

## 第三章

# 賊貓出沒

　　平原國有許多機場，其中「青雲」是最大的一個，每天都有許多飛機在這裡起降。

　　今天是海外僑貓斑先生帶著文物回國的日子。原本這場文物界的盛事應該要好好宣傳的，然而「豪奪社」的出現，令貓兒房事務所眾貓的心情都相當緊張，他們決定在貓俑平安抵達故宮

前，都要保持低調。

　　前幾天，尺玉他們對豪奪社進行了深入的研究，並且越了解就越厭惡那群作惡多端的傢伙。

　　舉凡不停盜賣文化瑰寶，只看價錢不挑買家；搬空帝王陵寢後，還在墓室牆壁上刻字留念；在躲避追捕的過程中，殘忍傷害多名警察貓；如果無法得手，寧可將文物毀掉……

　　從這些「事蹟」不難看出，豪奪社對文物、歷史和古蹟沒有絲毫敬畏或愛意，僅將它們作為滿足私慾的工具。但這個組織偏偏又有辦法得逞，而且如果有貓

敢妨礙他們，就必須付出巨大的代價。

對文物愛好者而言，目睹珍寶被偷，甚至被毀壞的那種痛苦，遠比身體的疼痛還要劇烈千萬倍，因為那些都是不可重來、流傳千百年的歷史結晶啊！

西山已經與捐贈者斑先生取得聯繫，告訴他當前的危機。根據資料顯示，豪奪社通常是在平原國內犯案，所以從國外回來的一路上，應該還不需要擔心。即使如此，斑先生也已經決定要寸步不離的守護文物，等到抵達平原國後，就輪到貓兒房事務所來擔起這個責任了。

現在，專業的故宮文物部門

　　已經在機場就位，尺玉等四位宮貓也在一旁守候。為了確保這次的運送工作能順利完成，大家都繃緊了神經。

　　電子看板顯示斑先生搭乘的航班即將抵達，只要飛機一降落，乘客進入航廈的瞬間，宮貓們便會接手文物的守衛任務。

　　那一刻越來越接近，四周開始彌漫著倒數計時的緊張氣氛。

　　宮貓們目不轉睛的緊盯著每一位風塵僕僕的旅客，他們有些是為了工作或旅遊而短暫出國，有些則是久久才回國一次，兩者的神情有著明顯的不同。

　　斑先生是一隻虎斑貓，西山先前已經將他的資料交給年輕的

宮貓們。 此時， 尺玉他們正拿著一張照片， 努力在貓流中辨認斑先生的身影。

「那裡。 」 琉璃最快發現。

宮貓們一擁而上， 團團圍住斑先生。

「我們是貓兒房事務所的宮貓， 您辛苦了， 接下來就交給我們吧！ 」 石鼓非常有氣勢的說。

斑先生向大家點頭致意。

「您的行李呢？ 您把文物託運了嗎？ 」 釉子看了看斑先生身後， 關切的詢問。

之前， 斑先生曾經告訴貓兒房事務所， 他會全程守護裝著文物的箱子， 不讓它們離開自己的視線， 因為託運很可能會被豪奪

社動手腳偷走。

　　「我一直把箱子放在身邊。」斑先生對四位宮貓解釋。「直到剛剛才交給西山老師。」

　　四位宮貓面面相覷，釉子率先說：「西山老師？他沒有和我們一起來啊！」

　　斑先生吃驚的說：「不可能！飛機剛降落，西山老師就進到機艙內，他說為了避開豪奪社，他要先帶著文物走安全通道，我只要正常進入航廈，再與你們會合即可。」

　　宮貓們都愣住了，很快的，尺玉就恍然大悟的喊道：「我知道了，是易容術！」

　　尺玉想起之前看過的資料，

易容術是豪奪社所有賊貓都會的把戲。

飛機與航廈的距離只有五分鐘的路程，賊貓竟然能在這麼短的時間內把文物偷走！

「喵了個咪！我們快去找！」石鼓急得大聲咆哮。

「怎、怎麼找？」發現自己被騙的斑先生快哭出來了。「我不知道那個冒牌貨去哪裡了！」

機場如此寬廣，賊貓又很擅長隱藏行蹤，如果沒有妥善的計劃，根本就是大海撈針！

琉璃沉思片刻，手向腰間一摸，取出一支玉笛。

上次與尺玉前往茸茸湖後，她發掘了自己的新技能，之後便

隨身攜帶一支色澤翠綠的玉笛，並勤奮練習，如今正是學以致用的時候。

琉璃的手指輕輕一動，玉笛便靈活的在她指尖轉了一圈，接著被放在脣間，悠揚的笛音不一會兒便如泉水般流淌於空氣中。

很快的，四面八方便傳來鳥的鳴叫聲，所有笛音能傳到的地方，鳥兒們都被召喚來了。

「琉璃姐姐，你好厲害！」雖然情況不樂觀，但釉子還是忍不住大聲稱讚。

「這個方法不錯！」尺玉迅速理解琉璃的意圖。「琉璃，趕快請牠們幫忙，搜尋附近有沒有提著箱子、形跡可疑的貓！」

琉璃透過吹響玉笛，將這個請求傳遞到鳥兒們的腦中，隨即貓兒房事務所就像是有了遍布整片天空的眼線。

過了片刻，他們便看到鳥群朝一個地方聚集，那裡是機場的室外停車場。

青雲機場就像大部分的機場一樣建在郊外，周圍空曠。所以如果賊貓想逃跑，也必須自己安排交通工具。

現在，宮貓們隨著鳥群的指示跑向戶外，希望能和他們預料的一樣，在那裡看到賊貓準備逃逸用的車子。

尺玉他們用最快的速度衝出航廈，果然，遠遠就看見一輛已

經發動的吉普車，而成群的鳥兒們盤旋在空中，組成箭頭的形狀，提醒宮貓：在這裡！

「站住！」石鼓率先大喊，每隻宮貓都跑出了生平最快的速度，拼命往前衝。

然而，對方開的車眨眼間就和他們拉開了距離。

「釉子！」尺玉迅速放棄用腳追車的方法，言簡意賅的提出新戰術。

釉子和尺玉擁有絕佳的默契，不用多說，釉子立刻蹲下來抱住尺玉的雙腿，並將他舉過頭頂，做出擲標槍的動作，然後用力射出！

「喵啊啊啊 —— 」尺玉只覺

得狂風撲面，吹得他臉部劇烈變形。而釉子以「超大力」製造的速度，果不其然超越了車速。

　　吉普車疾駛而行，賊貓正為了照後鏡裡看不到宮貓的身影而得意洋洋。突然間，他聽見引擎蓋上傳來「咚」的一聲。

　　「你好啊！」尺玉的臉緊貼著擋風玻璃，像拔劍那樣抽出背上的紅傘。

　　啪！

　　尺玉撐開紅傘，傘面瞬間遮住賊貓的視線，他什麼都看不見，只能手忙腳亂的轉動方向盤，試圖把尺玉甩下車。

　　尺玉凌空翻了個筋斗，收起

紅傘放回背上，改為蹲姿，依然穩穩的待在引擎蓋上。他的瞳孔縮成一條線，眼神銳利的與賊貓對視。

「停車！」尺玉命令道。

「走開！」賊貓齜牙咧嘴，憤怒的大喊。

他是一隻玳瑁貓，臉上紋路縱橫交錯，即使被尺玉瞪視，仍舊不慌不忙。

「既然不聽勸告，那這就是你自找的！」尺玉側身露出部分的擋風玻璃。

賊貓這才看清楚，原來剛才尺玉不是無故讓他亂轉方向盤，而是有意引誘他把行車的方向掉轉一百八十度。現在，車子正開回青雲機場的方向，而石鼓等其他三位宮貓正朝著車子迎面奔來。

「呵！」賊貓自知上當，仍冷笑一聲，惡狠狠的說：「那又如何？等我撞過去，麻煩自然迎刃而解！」

　　他一說完，果真踩下油門，高速衝了過去。石鼓見狀，立刻推開兩位女孩，自己深吸一口氣，用他圓滾滾的身軀對抗那臺吉普車。

　　吉普車剛撞上石鼓，石鼓的大肚皮立刻一縮一彈，居然讓車子連連倒退。

　　賊貓見狀，想將車子轉向逃跑，沒想到吉普車卻動不了了，他將頭探出車窗，發現是一位貓少女將整輛車舉到空中。

　　「你竟敢這樣對我哥哥！」釉子怒喝。

　　賊貓驚訝不已，回過神後，連忙撲到後座，提起兩個箱子，從另一邊的車窗跳了出去。

此時，釉子正憤怒的搖晃車身，裡面的東西稀里嘩啦掉了一地。

賊貓剛落地，拔腿就朝一個無貓防守的方向跑，卻挨了重重一擊。

一位冷漠的貓小姐不知何時出現在他面前，她的表情陰沉，手中握著一支玉笛。

賊貓單手一揮，伸出爪子吶喊：「別擋路！」

琉璃的身影突然消失，她神出鬼沒的繞到賊貓視線死角處，使出玉笛連擊，每一下都擊中他。

「喵嗚！」賊貓在劇痛下終於放開了箱子，琉璃迅速將它搶

回去。

釉子丟下吉普車，披帛如鞭子般甩動，精準的捆住賊貓。

至此，貓兒房事務所大獲全勝。


四位宮貓靠近被牢牢綁住的賊貓，眼神裡滿是不悅。賊貓不甘心的不停掙扎，卻動彈不得，只好硬撐著。「我長得很帥吧！」

琉璃不屑的評論：「像賊。」

「說得好！」尺玉拍手叫好。「你的長相和你做的壞事很相配。」

「我做的壞事？」賊貓嗤之

以鼻。「你說的是盜賣文物嗎？我們只是想讓外國貓也能受到平原國藝術的薰陶，怎麼會是壞事呢？」

石鼓像老虎那樣吼了一聲，接著火冒三丈的大罵：「喵了個咪！真是強詞奪理！你們豪奪社就是一群做壞事的賊貓！貓兒房事務所與你們勢不兩立！」

賊貓仍是一副嘻皮笑臉的樣子。「貓兒房事務所一年能賺多少錢？恐怕連我們的零頭都沒有。沒錢怎麼保護文物？還不如直接讓我們賣給有錢貓收藏呢！」

「廢話連篇！」釉子用力抽了抽手中的披帛，將賊貓包成木

乃伊的模樣，連嘴巴也一同堵上。

石鼓嘲諷的說：「你再說呀！」

賊貓：「……」

不久後，警察貓來了，大家愉快的將賊貓送上警車。豪奪社惡名昭彰，能逮捕他們的一員，警察也感到非常欣慰。

然而，賊貓被帶走前，似笑非笑的盯著貓兒房事務所的成員看，臉上也絲毫不見懺悔之意，令所有宮貓都非常不舒服。

## 第四章

# 文物回家

　　對斑先生來說，返回平原國的第一個小時實在太刺激了。他的情緒在回鄉的激動與文物失竊的崩潰中高速切換，隨後又轉為失而復得的狂喜。這大起大落的變換，差點讓他的心臟承受不住。

　　幸好，一切都有驚無險。

　　接下來，在故宮文物部門和

貓兒房事務所的共同護衛下，斑先生捐贈的文物總算平安來到故宮。相關領域的宮貓們都在第一時間開始修復文物的工作，大家歡天喜地的樣子，好像在慶祝新年似的。

「我總算能放下心中的大石頭了。」斑先生欣慰道。

「接下來，我們會舉辦一場隆重的發表會，還需要您的幫忙呢！」釉子開心的說。

「我一定全力配合。」斑先生拍拍胸脯，義不容辭的答應。「打從踏進故宮的那一刻起，我就在想，能為這裡、為平原國做出一點貢獻的感覺真好。對我們這些身在異鄉的遊子來說，故宮

有著深遠的意義，它是平原國歷史的濃縮精華，提醒我們根在何方。這也是為什麼我一見到貓俑，就想送它們回家的原因。」

尺玉敬佩的說：「您做的事真的非常了不起。」

四位宮貓陪著斑先生一邊逛故宮，一邊前往貓兒房事務所。

「西山老師，我們回來了。」

眾貓一進門，就看到西山雙臂抱胸看著電腦，一副傷腦筋的樣子，發現夥伴們回來，他立刻蓋上電腦。宮貓們都猜測，應該是又有新的陳年舊照出現了，紛紛露出笑容。

　　「忘了問那隻賊貓，老爺子的陳年舊照是從哪裡找到的？」石鼓忍住笑意說著。

　　「什麼舊照？」斑先生好奇的問。

　　「斑先生！」西山趕緊轉移話題。「那個……我很想聽您說說這次保護文物的故事。」

　　斑先生謙虛道：「我只是做了一些微不足道的事，主要還是靠眾多熱心同胞的幫忙才能完成。例如一家知名的實驗室，就免費幫我們進行測試，確認文物的真偽。還有一位學者也主動協助我們包裝貓俑，以防止運送過程中受到碰撞。」

　　「多虧有您和那些熱心又善

良的貓，文物才能回到故宮。」
西山感動的說。

　　「西山老師，我們只聽你說
過文物的事，連照片都沒看
過。」尺玉迫不及待的喊著：
「好想近距離欣賞實物啊！」

　　「其實，我也等不及想先睹
為快了！」西山也有些興奮。
「但還是先商議完明天的發表會
吧！」

　　此時，石鼓的口袋裡突然傳
來一陣「叮咚」聲，是通訊鈴響
了。

　　他接起來，只聽見另一頭的
貓，用痛苦的聲音說：「出事
了……」

　　石鼓的毛髮立刻如刺蝟般豎

立。「是剛才押走賊貓的警察！」他先告訴夥伴們，隨後急忙按下擴音鍵並追問：「發生什麼事了？」

「豪、豪奪社的另一個成員出現了，不但救走剛才的賊貓，還傷了我們⋯⋯」警察貓氣若游絲的提醒：「他臨走時說，要去找你們，再把文物偷到手！」

貓兒房事務所內的空氣頓時凝重起來。

這時，另一頭的聲音一變，語氣也變得輕佻。「貓兒房事務所的各位，我的變聲技巧不錯吧！」

宮貓們大吃一驚，尺玉立刻驚覺。「難道你是那隻賊貓的同

夥？」

　「沒錯，你們該不會以為豪奪社只有一名成員吧？我們很講究團隊合作的。」那聲音狡猾又猖狂。「雖然剛剛是我在假扮警察，但我說的情報卻不是假的，皮影那傢伙真的去找你們了，他把報復你們列為首要任務，甚至比偷盜文物更前面，看來你們把他氣得不輕呢！」

　「皮影」大概就是剛才那隻賊貓的名字。

　石鼓咬牙切齒的說：「喵了個咪！我絕對讓他有去無回！乾脆連你也過來，我一起收拾你們！」

　「哈哈！還不是那傢伙說自

己就能搞定。他如果做不到，在豪奪社裡的排名是會下滑的，所以我相信他會全力以赴，奉勸你們小心囉！」

通話被對方切斷了，斑先生早已面如死灰，尺玉安慰他：「別擔心，這裡是我們的主場，我巴不得他早點來，我一定會打敗他！」

「我已經到了！」皮影的奸笑聲竟從天花板上傳來，與此同時，兩枚圓形的物體被他拋了下來。

一陣刺鼻的白煙在貓兒房事務所中迅速擴散。

琉璃將玉笛握在手中，揮轉得宛如風車，試圖驅散那成分不

明的煙霧，沒想到還是來不及。儘管可以屏住呼吸，但這種煙霧只要接觸到皮膚就會受影響，因此琉璃已經情不自禁的顫抖起來。

　　她感覺……心情真好！

　　不只琉璃，石鼓、釉子、尺玉、西山和斑先生都露出快樂的表情，好像天塌下來也不要緊了，所有貓居然在此刻集體跳起「撲蝶舞」。

　　「喵喵喵……喵喵喵……我是快樂的小宮貓……」

　　皮影在煙霧中現身，他大笑道：「這是用貓薄荷提煉而成的煙霧彈，我看看哪隻貓能夠抗拒！我們豪奪社平常就會聞貓薄

荷，早就具備一定的抵抗力。所以說，及時行樂多麼重要啊！」

「可、可惡……」石鼓努力想要控制自己的身體，卻只能用嘴巴小聲反抗。

「你們專心跳舞吧！我這就去接收剛才的文物，也許還能多帶走一些呢！」

「喵！」尺玉出其不意的抓起紅傘，朝皮影刺去，皮影驚險的躲過，而尺玉也在這一擊之後，徹底失去攻擊能力，跌入魔幻的夢境中。

一群貓躺在地上，四肢蜷起，無比陶醉的露出肚皮。

「呼！貓兒房事務所還真是不容小覷。」

　　皮影擦擦汗，正打算離去，就聽見一聲：「別急著走嘛！」

　　他愣了一秒，隨即迅速搜索，發現那個聲音竟出自西山的電腦。

　　突然間，螢幕上的畫面發生了變化，貓咪防火牆和電腦病毒都不見了，取而代之的是一隻貓的剪影，他坐在沙發裡，顯得慵懶又豪邁。

　　「你是誰？」皮影不屑的問：「你能把我怎麼樣？」

　　「你說呢？」那隻貓的長相看不清楚，一舉一動卻盛氣凌人。

　　此時，他的手裡多了一樣東西，看起來是一根細細長長的棍

子，有點像是……指揮棒？

緊接著，他就像指揮家那樣，在空中輕輕一點。

皮影的後腦杓被「咚」的敲了一下，他頓時眼冒金星，幾乎覺得自己被敲傻了。

他忍著疼痛轉過頭，沒想到，敲他的竟然是——貓俑！

皮影做過功課，貓俑正是他要下手偷的目標。可是這東西怎麼會飄在空中？又是什麼時候飄到他身邊的？

皮影嚇得瞠目結舌。

「你應該知道，許多貓俑都是從古墓出土的，當年的用途就是為帝王或貴族陪葬。所以，要說它們身上依附著什麼超自然的

東西，也是有可能的，對吧？」電腦畫面裡的貓怪腔怪調的嚇唬小偷。「現在貓俑已經回家，是誰給你的膽子，竟然想偷走它們！」

　　他的聲音突然變得嚴厲，義正辭嚴的大罵：「你這個輕視文化、踐踏歷史的臭小偷！還敢繼續在貓兒房事務所撒野！」

　　那尊貓俑如炮彈一般飛來，圍繞在皮影身邊，開始瘋狂衝撞他。皮影又驚又慌，試圖抵擋攻擊，但貓俑硬如鋼鐵，根本擋不住。皮影只好腳底抹油，準備逃跑，貓俑卻好像看出他的目的，準確的壓住他的尾巴，讓皮影動彈不得。

第四章
文物回家

　「臭小偷，你好好睡上一覺吧！」伴隨著電腦那頭憤怒的話語，貓俑重重一擊，徹底把皮影敲暈了。

　確定皮影失去意識後，那尊貓俑升到天花板上，好似魔術師變魔術似的，忽然從身上冒出一團小小的火苗，引發消防灑水裝置啟動，水立刻灑的滿屋子都是，將沉浸在夢鄉的眾貓都潑醒了。

　「文物！」、「貓俑！」、「臭小偷！」大家喊著這幾個關鍵字跳起來，然後就發現一切都已經神奇的被處理妥當了。

　釉子再次將皮影五花大綁，她帶著怒氣，將披帛一次又一次

　　的收緊，發誓絕不會讓他有逃走的機會。

　　稍稍放下心後，大家的視線自然而然鎖定在那尊懸浮於空中的貓俑。

　　斑先生小心翼翼的說：「難道真的是……貓俑顯靈？」

　　「這不是真的貓俑。」西山解釋。「應該是一臺機器人。」

　　像是要回應西山的判斷，貓俑的表面忽然出現大量的裂痕，

當外殼剝落殆盡，便露出一臺圓滾滾的小機器人。

「這……兩千多年前的皇帝和貴族，是用機器人來陪葬的？」斑先生的腦袋還不是很清楚。

「不，應該是中途被調包了。」西山猜測。「斑先生，幫助您包裝貓俑的那位學者，眉毛上是不是有著和閃電一樣的花紋？」

斑先生驚訝的詢問：「您怎麼知道？」

「因為他就是把這尊貓俑調包，順便對我的電腦搗亂的罪魁禍首。」西山一邊說，一邊把筆記型電腦轉向自己。

　　螢幕上的貓仍舊只是個剪影，他攤開手，裝出無辜的語氣說：「怎麼能這樣說我！我只是聽聞豪奪社盯上了海外捐贈給故宮的文物，才好心用你的電腦，提醒你們將遇到什麼樣的對手呀！」

　　西山瞇起眼睛，不高興的說：「既然動機如此高尚，何必裝神弄鬼，還使用這些討厭的電腦病毒？」

　　「老西，這不過是個無傷大雅的玩笑，至於那些陳年舊照，也是我們之間的美好回憶，不是嗎？」螢幕中的剪影說。「我每次看到照片，都會想起很多往事，那時候真快樂，有你，有

我，還有她……」

剪影說到這裡，聲音戛然而止，似乎發現自己觸碰了不該提到的話題，連忙改口：「總之，雖然事先提醒了你們，但我還是擔心豪奪社得手了怎麼辦？不是不相信你們的實力，只是小偷詭計多端。所以我乾脆把其中一尊貓俑替換成我的機器人，以備不時之需，事實證明我果然料事如神！」

西山啞口無言，畢竟貓兒房事務所的確得到了幫助。

琉璃這時開口：「真文物呢？」

「美女，稍安勿躁，我當然會將真正的貓俑完好無缺的送回

故宮，你放心。」

聽到這句話，年輕的宮貓們都鬆了口氣。

「所以，你到底是誰？」尺玉聽到對方和西山是舊識，便迫不及待的問。

「這個問題就交給你們的西山老師回答，他不願意說也沒關係，大家很快就有機會見面了。」神祕的剪影笑著說。「那麼，各位初出茅廬的宮貓們，後會有期，多多加油吧！」

神祕貓說這番話的目的昭然若揭，擺明嘲笑尺玉他們身為宮貓的道行還太淺，讓大家既狼狽又無奈。

「喵了個咪！老爺子，這傢

伙到底是誰啊？」石鼓不甘心的問。

西山輕輕搖頭，面不改色的說：「他不是說了嗎？大家很快就有機會見面了。」

電腦螢幕上，剪影已經消失，一切恢復如常。

# 貓兒房小知識

見 028 頁

原　文

　　「你們知道斑先生要捐贈的是什麼嗎？是貓俑！」西山興奮的說著，忍不住又想跳「撲蝶舞」了。

　　「那可是二十幾個世紀前燒製的彩繪陶俑，現在還有保存如此完好的貓俑，真的非常罕見！……」

# 貓兒房小知識

　　俑是中國古代用來代替活人殉葬而製作的人偶。最早於春秋時期出現，在戰國以後，殉俑的風氣越來越興盛，直到清朝初期才消失。俑的材質多以陶土、木頭和石頭為主，形象有奴僕、樂舞伎和持儀仗者等。考古學者也將馬鞍、庖廚用具、建築模型等涵蓋在其中。

唐〈陶仕女俑〉
中國故宮博物院館藏

見 058 頁

# 原　文

　　斑先生謙虛道：「我只是做了一些微不足道的事，主要還是靠眾多熱心同胞的幫忙才能完成。例如一家知名的實驗室，就免費幫我們進行測試，確認文物的真偽。還有一位學者也主動協助我們包裝貓俑，以防止運送過程中受到碰撞。」

# 貓兒房小知識

　　在考古研究中，「熱釋光效應」可以用於古代文物的年代測定上。 例如陶器是用黏土燒製， 一般的黏土都含有微量鈾、 釷和鉀等放射性物質。燒製陶器時， 高溫會把放射性物質的結晶體中， 原先儲存的能量釋放完畢， 之後能量隨時間而重新累積， 年代越久， 放射性越強， 熱釋光量就越多。 因此只要測量陶器中鈾、 釷和鉀的含量， 以及周圍土壤中的輻射強度和宇宙線強度， 再設定出自然輻射的年劑量， 即可計算出陶器燒製的年代。

見 064-065 頁

# 原文

皮影在煙霧中現身，他大笑道：「這是用貓薄荷提煉而成的煙霧彈，我看看哪隻貓能夠抗拒！我們豪奪社平常就會聞貓薄荷，早就具備一定的抵抗力。所以說，及時行樂多麼重要啊！」

## 貓兒房小知識

貓薄荷通常是指荊芥，它含有一種稱為荊芥內酯的化學物質，只要被輕微的觸碰，就會散發濃烈而複雜的香味。許多貓聞到這種味道就會變得興奮，或是開心的吃幾口貓薄荷，有些則會瞇起眼睛陶醉其中。不同的貓對貓薄荷的反應不一，但都會和平時的舉動截然不同。

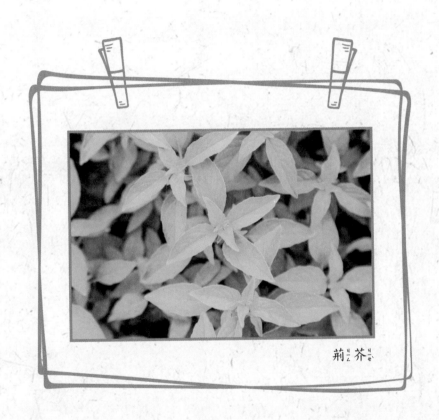

荊芥

# 貓兒房小筆記

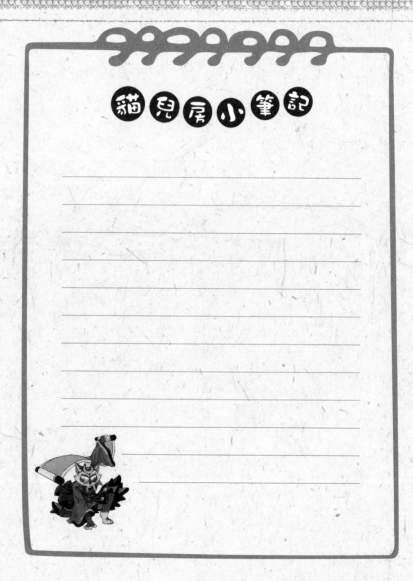

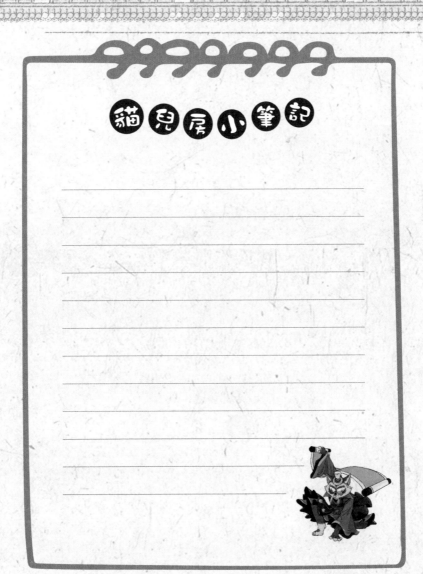

# 貓兒房小筆記

國家圖書館出版品預行編目（CIP）資料

貓兒房事務所 7 怪盜集團的預告信 / 兩色風景作；鄭
兆辰繪 . -- 初版 . -- 新北市：大眾國際書局股份有限公
司 大邑文化，西元 2024.8
88 面；15x21 公分 . --（魔法學園；18）
ISBN 978-626-7258-82-8（平裝）

859.6                                        113008117

**魔法學園 CHH018**

# 貓兒房事務所 7 怪盜集團的預告信

| | |
|---|---|
| 作　　　　者 | 兩色風景 |
| 繪　　　　者 | 鄭兆辰 |

| | |
|---|---|
| 主　　　編 | 徐淑惠 |
| 執 行 編 輯 | 邱依庭、呂玠蓁 |
| 封 面 設 計 | 張雅慧 |
| 排 版 公 司 | 菩薩蠻數位文化有限公司 |
| 行 銷 業 務 | 楊毓群、蔡雯嘉、許予璇 |
| 副 總 經 理 | 楊欣倫 |

| | |
|---|---|
| 出 版 發 行 | 大眾國際書局股份有限公司 大邑文化 |
| 地　　　址 | 22069 新北市板橋區三民路二段 37 號 16 樓之 1 |
| 電　　　話 | 02-2961-5808（代表號） |
| 傳　　　真 | 02-2961-6488 |
| 信　　　箱 | service@popularworld.com |
| 大邑文化官網 | https://www.polispress.com.tw/ |

| | |
|---|---|
| 總 經 銷 | 聯合發行股份有限公司 |
| | 電話　02-2917-8022　　　傳真　02-2915-7212 |

| | |
|---|---|
| 法 律 顧 問 | 葉繼升律師 |
| 初 版 一 刷 | 西元 2024 年 8 月 |
| 定　　　價 | 新臺幣 280 元 |
| I　S　B　N | 978-626-7258-82-8 |

# 大邑文化讀者回函

謝謝您購買大邑文化圖書，為了讓我們可以做出更優質的好書，我們需要您寶貴的意見。回答以下問題後，請沿虛線剪下本頁，對折後寄給我們（免貼郵票）。日後大邑文化的新書資訊跟優惠活動，都會優先與您分享喔！

✎ 您購買的書名：＿＿＿＿＿＿＿＿＿＿＿＿＿＿＿＿＿＿＿＿

✎ 您的基本資料：

姓名：＿＿＿＿＿＿＿，生日：＿＿年＿＿月＿＿日，性別：□男　□女
電話：＿＿＿＿＿＿＿＿，行動電話：＿＿＿＿＿＿＿＿＿＿＿
E-mail：＿＿＿＿＿＿＿＿＿＿＿＿＿＿＿＿＿＿＿＿＿＿＿
地址：□□□-□□＿＿＿＿＿＿縣／市＿＿＿＿＿＿鄉／鎮／市／區
＿＿＿＿＿路／街＿＿＿段＿＿＿巷＿＿＿弄＿＿＿號＿＿＿樓／室

✎ 職業：

□學生，就讀學校：＿＿＿＿＿＿＿＿＿＿，＿＿＿＿＿＿年級
□教職，任教學校：＿＿＿＿＿＿＿＿＿＿＿＿＿＿＿＿＿＿＿
□家長，服務單位：＿＿＿＿＿＿＿＿＿＿＿＿＿＿＿＿＿＿＿
□其他：＿＿＿＿＿＿＿＿＿＿＿＿＿＿＿＿＿＿＿＿＿＿＿＿

✎ 您對本書的看法：

您從哪裡知道這本書？□書店　□網路　□報章雜誌　□廣播電視
□親友推薦　□師長推薦　□其他＿＿＿＿＿＿＿＿＿＿＿
您從哪裡購買這本書？□書店　□網路書店　□書展　□其他＿＿＿

✎ 您對本書的意見？

書名：□非常好□好□普通□不好　　封面：□非常好□好□普通□不好
插圖：□非常好□好□普通□不好　　版面：□非常好□好□普通□不好
內容：□非常好□好□普通□不好　　價格：□非常好□好□普通□不好

✎ 您希望本公司出版哪些類型書籍（可複選）

□繪本□童話□漫畫□科普□小說□散文□人物傳記□歷史書
□兒童／青少年文學□親子叢書□幼兒讀本□語文工具書□其他＿＿＿

✎ 您對這本書及本公司有什麼建議或想法，都可以告訴我們喔！

＿＿＿＿＿＿＿＿＿＿＿＿＿＿＿＿＿＿＿＿＿＿＿＿＿＿＿＿＿＿
＿＿＿＿＿＿＿＿＿＿＿＿＿＿＿＿＿＿＿＿＿＿＿＿＿＿＿＿＿＿
＿＿＿＿＿＿＿＿＿＿＿＿＿＿＿＿＿＿＿＿＿＿＿＿＿＿＿＿＿＿

大邑文化

新北市汐止區三民路二段 37 號 16 樓之 1

220-69

寄件人地址：□□□-□□
　　　　　　縣/市　　　鄉/鎮/市/區
　　　　　　路/街　　　段　　　巷　　　弄　　　號　　　樓/室

# 大邑文化

服務電話：（02）2961-5808（代表號）

傳真專線：（02）2961-6488

e-mail：service@popularworld.com

大邑文化官網：https://www.polispress.com.tw/